Le Chat du cardinal

14 bis, rue des Minimes, 75003 Paris
www.playbac.fr

Pascal Prévot

Le Chat du Cardinal

Une mystérieuse disparition

Illustrations de Louis Thomas

playBac

À mon frère,
à mes enfants,
une histoire de derrière la tête.

P. P.

Chère lectrice, cher lecteur,
Les aventures imaginaires de Fellimare
et de ses amis s'inspirent étroitement
d'événements historiques réels survenus tout
au long du règne de Louis XIII.
Dans ce deuxième tome, un trafic d'or,
mais aussi le séjour du philosophe
René Descartes à Paris, l'invention de la bouée
et un éléphant que les Parisiens
ont pu admirer en 1626.

Mimi Piaillon
Fellimare
Gazette
Fu Chi
Lin Dao
Bébert
Gladstone
Mortimer

Gaston d'Orléans
Louis XIII
le cardinal de Richelieu
le sieur de Chandoux
René Descartes
Théophraste Renaudot

Chapitre 1

Un éléphant s'évade

–Vous tenez vraiment à m'accompagner ?

–À ma place, Fellimare, vous n'hésiteriez pas une seconde. Vous aimeriez être privé de la partie la plus palpitante de l'aventure ?

–Euh… non… certainement pas, reconnut Fellimare avec un sourire contrit.

L'époustouflant chat de gouttière connaissait assez Mimi Piaillon pour savoir qu'elle ne reviendrait pas sur sa décision. Sous son pelage angora, l'élégante petite chatte de cour cachait le même caractère volontaire que son maître, le cardinal de Richelieu. Les deux félins quittèrent donc les pieux d'amarrage du quai de Grève, derrière lesquels ils se cachaient, et avancèrent à pas feutrés sur le gravier. Le froid de ce mois de février 1627 et l'obscurité de la nuit étaient leurs plus sûres protections. Aucun passant attardé n'affronterait la bise glaciale et les ténèbres. Fellimare et Mimi Piaillon avaient sagement attendu pour agir que l'extinction des lanternes plongeât Paris dans le noir après deux heures du matin. N'étaient plus guère à craindre que de mauvaises rencontres, toujours possibles, avec des truands en maraude[1].

–Courage, les amis, bourdonnèrent depuis le bord de l'eau les puces Fu Chi et Lin Dao, de leurs grosses voix qu'elles avaient du mal à voiler.

–Chut ! intima Mortimer, le requin des ponts de Paris, le nez au ras du fleuve. Vous allez donner l'alerte !

 1. En maraude : qui rôde.

Fu Chi et Lin Dao faisaient pourtant de leur mieux pour ne pas se faire remarquer. Ces puces savantes, qui avaient emmagasiné tout le savoir du monde dans leurs minuscules cerveaux, étaient dotées de voix retentissantes. Elles étaient bien moins discrètes que Mortimer, qui avait quitté l'océan Indien pour les quais de la Seine plusieurs années auparavant. Il avait commencé par dévorer quelques Parisiens, qu'il avait trouvés trop fades, et préférait désormais manger les restes de leurs repas, jetés dans le fleuve.

Par chance, seuls les animaux pouvaient entendre les puces, si bien que rien ne vint troubler les puissants ronflements de l'homme endormi dans sa cahute en planches au fond de la place de Grève. En revanche, dans l'enclos attenant, un éléphant couché sur un épais tapis de paille déploya aussitôt ses grandes oreilles, une lueur de joie dans ses petits yeux gris.

Fellimare avait fait la connaissance de Barnabé quelques jours plus tôt. L'époustouflant chat de gouttière avait toujours aimé vagabonder dans Paris. Depuis qu'il avait été promu espion du cardinal de Richelieu, il avait une raison supplémentaire de passer ses journées dans les rues, le museau en l'air. Aussi avait-il suivi Gazette, le chat de bonne presse, jusqu'à la place de Grève. Gazette n'était pas seulement le chat de Théophraste Renaudot, le patron du journal également intitulé *La Gazette*, il était aussi son meilleur journaliste. Renaudot l'envoyait rédiger un article sur l'éléphant qu'exhibait un montreur de bêtes hollandais nommé Sevender. Mêlés aux meuniers et aux lavandières qui admiraient l'énorme pachyderme, Gazette composait mentalement son texte tandis que Fellimare ne pouvait se détacher de la tristesse qu'il lisait dans le regard de Barnabé.

– D'où viens-tu ? lui avait-il demandé.

– Du royaume du Monomotapa[2], en Afrique. J'y étais parfaitement heureux jusqu'à ce que des chasseurs m'attrapent et me vendent à des marchands portugais.

– Tes ennuis sont finis. Considère que ton évasion est chose faite, avait tranché Fellimare.

Gazette avait sursauté.

– Le faire évader ? Mais comment ? Mais ça ne va pas ? Renvoyer un éléphant en Afrique ! Dans une petite boîte, sans doute ?

– L'aventure, mon vieux, l'aventure, s'était écrié Fellimare. Aucune n'est trop grande pour nous ! Celle-ci aura la taille d'un éléphant.

2. Le royaume du Monomotapa s'étendait sur le territoire de l'actuel Zimbabwe et le sud du Mozambique.

– Comme si espionner pour Richelieu ne nous suffisait pas, s'était insurgé Gazette. Je te rappelle que le cardinal compte sur nous pour surveiller Gaston d'Orléans.

– Et nous ne perdrons pas Gaston de vue. Deux aventures en même temps, c'est encore mieux.

Gazette avait grommelé quelque chose d'inaudible avant de soupirer.

– C'est malin ! Tu m'as fait oublier le début de mon article…

– Je peux te donner le titre du prochain : « Mystérieuse disparition de l'éléphant de Sevender ! »

Fellimare avait tenu la parole donnée à Barnabé. Tout était prêt pour son évasion. Pendant les trois nuits précédentes, une équipe de chats errants dévoués à l'époustouflant chat de gouttière s'était relayée pour ronger les liens de l'éléphant. Les puces avaient harcelé Sevender de piqûres, si bien qu'épuisé par ses insomnies, l'homme avait finalement sombré dans un épais sommeil. Gladstone, le faucon, s'était proposé pour le repérage de l'itinéraire. C'était un peu sa spécialité. Gladstone appartenait à la volerie royale, Louis XIII l'emmenait régulièrement à la chasse. Son sens de l'orientation capricieux n'avait fourni que des données inutilisables, mais ce n'était pas grave. Gladstone avait apporté sa contribution. D'ailleurs, Fellimare comptait sur Mortimer pour arriver à bon port.

Fellimare et Mimi Piaillon détachèrent les dernières entraves de Barnabé. L'éléphant s'ébroua, se dressa sur les pattes, puis, enfin libre, se glissa hors de l'enclos et suivit la fourrure blanche de Mimi Piaillon, scintillant sous la lune, jusqu'au fleuve, dont il atteignit rapidement la rive.

– Ne restons pas là, ordonna Fellimare. Chacun sait ce qu'il a à faire ?

Fu Chi et Lin Dao sautèrent sur Mimi Piaillon qui bondit dans la gueule du requin, aussitôt rejointe par Fellimare. Barnabé entra dans l'eau, inspira une énorme bouffée d'air et enroula sa trompe autour de l'aileron de Mortimer. Le requin pivota sur lui-même, donna un vigoureux coup de queue et s'enfonça dans la Seine, remorquant Barnabé, les joues et les poumons gonflés à bloc, si bien que l'éléphant du Monomotapa put être remorqué sous la surface de l'eau. C'est en cet équipage que la petite troupe traversa le bras du fleuve qui séparait la place de Grève de l'île aux Vaches, derrière les tours de Notre-Dame.

–Je commençais à m'inquiéter, dit Gazette, sur l'île, en quittant la cachette où il attendait impatiemment, tapi dans un bouquet de roseaux.

Barnabé, à bout de souffle, à la recherche d'air, expira dès qu'il eut touché terre, si violemment que son souffle surprit Gazette, le souleva et l'envoya rebondir sur le ventre d'une vache qui dormait paisiblement dix mètres plus loin.

–Gazette, arrête de faire l'idiot et viens nous aider ! lança Fellimare en jaillissant de la gueule de Mortimer. Il faut réchauffer Barnabé !

L'éléphant et ses sauveurs avaient pris patte sur un îlot inhabité, au milieu de la Seine, à quelques brasses de l'île Notre-Dame. On l'appelait « l'île aux Vaches » parce qu'y paissait en effet un troupeau de bovins, qui se nourrissaient de son herbe drue. Gazette ouvrit la bouche pour se défendre, mais y renonça. Il aida ses amis à disposer sur le dos de Barnabé les couvertures en peau de vache que Mortimer avait déposées sur l'île au début de la nuit et dont il avait la garde. Dûment frictionné par les chats s'affairant sur son dos, Barnabé ne risqua bientôt plus la fluxion de poitrine[3]. Sur les indications de Mimi Piaillon, postée sur la tête chauve de Barnabé, Fellimare et Gazette donnaient belle apparence au déguisement en peaux de vache qui devait dissimuler l'éléphant évadé aux regards curieux.

–De loin, les Parisiens croiront à une grosse vache. Ils ne feront pas la différence, assura Mimi Piaillon, qui en avait eu l'idée. Barnabé pourra rester quelques jours ici avant que nous ne trouvions comment le renvoyer en Afrique.

–Je ne me fais aucun souci pour ce détail, marmonna Gazette en couvrant une oreille de Barnabé, c'est comme si c'était fait.

3. Fluxion de poitrine : inflammation des bronches (bronchite) ou des poumons (pneumonie).

–L'aventure, mon vieux, l'aventure..., entonna Fellimare.

–Oui, je sais, elle n'est jamais trop grande. En attendant, l'aventure me donne soif. Je vais boire un peu de lait.

Gazette sauta sur le sol et atterrit à proximité d'un groupe de cinq bidons accotés les uns aux autres. Il ouvrit le premier et y plongea la tête d'un coup.

–Aïe, cria-t-il, tandis que le bidon résonnait d'un cliquetis métallique inattendu. Qu'est-ce que c'est que ce lait ?

Gazette plongea la patte dans le bidon et en rapporta des pièces d'or qu'il laissa tomber sur le sol.

–Qu'est-ce qu'elles mangent, les vaches, ici ? se demanda-t-il en jetant un œil soupçonneux au troupeau endormi çà et là dans les herbes.

Un éléphant s'évade

Fellimare et Mimi Piaillon avaient tout vu. Ils rejoignirent aussitôt Gazette. Fellimare débordait d'enthousiasme.

– On ne touche à rien ! On remet les pièces ! Sauf deux ou trois, qu'on emporte pour expertise ! Il y a là-dessous quelque sombre trafic ! Nous allons le démasquer en deux coups de griffes !

– Mais d'abord avertissons Richelieu, conseilla Mimi Piaillon. Je l'ai entendu se plaindre de problèmes avec la monnaie. Il a dit qu'il y en avait trop en circulation. Du coup, elle perd de sa valeur. C'est embêtant pour acheter des choses. Nous avons peut-être découvert quelque chose d'important.

Fellimare fit semblant de peser le pour et le contre. Mais il savait que Mimi Piaillon avait raison. Maintenant qu'il était au service du cardinal de Richelieu, il ne pouvait plus agir sur un coup de tête.

– D'accord ! approuva l'époustouflant chat de gouttière. On file à l'enseigne du Grand-Coq, dans l'imprimerie de maître Renaudot ! Gazette va imprimer un message pour le cardinal !

Les chats s'assurèrent auprès de Barnabé qu'il était confortablement enveloppé de peaux de vaches, lui souhaitèrent une bonne fin de nuit en lui recommandant la discrétion, puis Mortimer les ramena sur l'île de la Cité. En chemin, les puces, toujours bien informées, confirmèrent que la France avait en effet un gros problème financier. En 1625, l'année précédente, le royaume avait dépensé 40 millions. L'impôt ne lui avait rapporté que 16 millions. Il manquait donc 24 millions ! Il y avait beaucoup trop d'argent en circulation… sauf dans les caisses de l'État. Le gouvernement était au bord de la ruine. Richelieu avait raison d'être inquiet. Rue de la

Calandre, à l'enseigne du Grand-Coq, Gazette imprima à la hâte un message relatant les événements de la nuit.

–Je travaille trop vite. J'ai fait une faute, là, regretta-t-il. Je recommence ?

–Pas le temps, mon vieux. L'aventure n'attend pas…, trépigna Fellimare.

–Mais Richelieu est très pointilleux sur la langue, insista Gazette.

–Il comprendra, le rassura Mimi Piaillon.

Comme à son habitude, Richelieu travaillait bien avant le lever du jour, couché dans son lit, au milieu de liasses de papiers éparpillées. Desbournais, son valet de chambre, avait pour consigne de laisser entrer les chats à toute heure du jour et de la nuit, service de Son Éminence oblige. Gazette avait tiré son maître, Théophraste Renaudot, de son lit, et lui avait fourré son texte sous le nez. Renaudot, aussi long et maigre que le cardinal, s'était hâté de rejoindre le Petit-Luxembourg, où logeait le ministre, en courant vaillamment derrière les chats.

Les deux hommes lurent le message en silence.

– Il y a une faute, là, remarqua froidement Richelieu.

– Je l'avais dit, gémit Gazette, accablé, en se couvrant les yeux du bout de ses pattes blanches tachées d'encre.

– Mais peu importe, continua le cardinal. Madame et messires mes chats espions, vous avez bien travaillé. Encore que pour l'évasion de cet éléphant, vous auriez pu me consulter. C'est encombrant, un éléphant volé. Passons. Théophraste, que pensez-vous de cet or mystérieux ?

– Les possibilités sont nombreuses. Dissimulation de fortune ? Trafic ? Corruption ? Vol ? Nous ne pouvons trancher. Il faut enquêter.

Fellimare en sourit d'aise. C'était exactement les mots qu'il attendait.

Chapitre 2

Une nouvelle conspiration

Un froid soleil d'hiver brillait déjà haut dans le ciel quand le philosophe René Descartes, en promenade sur le Pont-Marie dont il voulait étudier la construction alors en cours, eut le regard attiré par un détail étrange sur l'île aux Vaches toute proche.

– Ce bovin est d'une taille extraordinaire, s'émerveilla-t-il. Et quelles curieuses oreilles ! Presque semblables à des voiles de navire. Vraiment stupéfiant…

Un souvenir lui revint en mémoire. N'avait-il pas aperçu, l'année précédente, l'aileron d'un requin fendant la Seine, dans l'ombre d'un faucon qui semblait le suivre[4] ?

4. *Voir tome 1,* Au secours de Richelieu !

« J'ai cru la chose banale, pensa-t-il. Je venais d'arriver à Paris. Mais après tout, en y repensant, était-elle si normale ? Suis-je sûr de savoir ce que je crois savoir ? Ne devrais-je pas douter de tout ? Il y a là une idée à creuser… »

René Descartes s'éloigna pensivement. Quelques heures plus tard, alors que la nuit obscurcissait l'horizon, le requin qui avait resurgi dans la mémoire du philosophe déposait trois chats et deux puces sur la berge en pente douce de l'île aux Vaches. Gladstone le faucon, essoufflé, revenait à tire-d'aile du côté des tours de Notre-Dame, où il s'était une fois de plus égaré.

– Je vous laisse, dit Mortimer, le requin des ponts de Paris. Tous ces voyages me donnent faim. C'est l'heure où les bouchers de la place aux Veaux jettent les carcasses invendues dans la Seine. Je vais manger un morceau et je reviens vers minuit voir où vous en êtes.

Mortimer laissa à Fellimare le temps de retirer de la dent creuse qui lui servait de garde-manger les délicieuses brioches du pâtissier Flechmer, dont ses passagers allaient faire leur dîner. Quand il eut replongé sous les eaux, les chats procédèrent aux premières constatations. Les bidons avaient disparu. Ne subsistait plus d'eux que les traces circulaires qu'ils avaient laissées sur l'herbe jaunie. Fellimare indiqua d'une griffe le bosquet d'aulnes où il préconisait de se dissimuler pour surveiller les lieux. Mimi Piaillon eut un haut-le-corps en parcourant l'île du regard. Elle ne voyait plus Barnabé. Qu'était-il arrivé à l'éléphant du Monomotapa ? Posté dans le ciel, Gladstone montra d'une aile un attroupement de vaches au centre de l'île. Un énorme dos rond en dépassait. Rassurée, Mimi Piaillon se faufila entre les pattes des vaches. Au centre du troupeau, Barnabé racontait :

– Les fleuves du Monomotapa sont immenses, l'herbe y est verte à l'infini. On y broute sur les berges des fleurs de lotus bleues ou blanches qui ont un goût de miel et de poivre…

Un frisson de gourmandise parcourut les flancs des vaches.

« Bon. Il s'est fait des copines, pensa Mimi Piaillon. Tout va bien de ce côté… »

Entre-temps, la nuit était tombée. Mimi Piaillon se glissa dans la cachette aménagée par Fellimare et Gazette sous un rideau de branches, au bord de la grève. Par peur de se perdre, Gladstone s'était posé sur un noisetier voisin.

– La nuit, mes problèmes d'orientation s'aggravent, confiait-il à Lin Dao, allongée dans ses plumes, les doigts de patte en éventail. Parfois, je ne sais même plus si c'est moi qui suis vraiment là…

– Ça doit pouvoir se rééduquer. Je vais consulter l'*Antidotaire*, de Myrepse. C'est le manuel des apothicaires[5]. On y trouve tous les médicaments…

– Chut, les puces ! ordonna Fellimare.

– Mais je ne dis rien, protesta Fu Chi.

Le silence retomba. On n'entendait plus guère que le grignotement des dents sur les brioches et le léger ronflement de Gladstone qui s'était assoupi. À minuit, toutes les cloches des églises de Paris sonnèrent matines[6]. C'est alors qu'émergea lentement des ténèbres du fleuve une barque emmenée par quatre vigoureux rameurs. Trois bidons de lait occupaient la proue. La barque accosta. La silhouette aisément

5. *Apothicaire : pharmacien.*
6. *Matines : première messe catholique de la journée, célébrée entre minuit et l'aube.*

reconnaissable d'un singe sauta à terre pour arrimer la barque à une souche.

– Les sapajous de Gaston d'Orléans, murmura Fellimare. Le cardinal avait raison ! Gaston ne se tient pas tranquille !

Les petits espions de Richelieu le savaient : Gaston d'Orléans, le frère de Louis XIII, ne cessait de comploter contre le roi et Richelieu. Ils en avaient une nouvelle preuve sous les yeux.

– Quel mauvais coup ces sapajous et leur maître préparent-ils encore ? enchaîna Mimi Piaillon.

Les chats n'étaient pas au bout de leurs surprises. Alors qu'ils se croyaient seuls sur l'île, à l'exception des vaches, de Barnabé et des sapajous, voilà maintenant qu'un homme se laissait pesamment tomber juste à côté d'eux. L'homme était grand, vêtu d'un habit de taffetas vert, les cheveux longs comme le roi Louis XIII avait commencé à en répandre la mode, le nez fort, une petite barbiche en pointe sous la bouche. Il semblait complètement effaré. Les chats retinrent leur souffle. La situation commençait à leur échapper.

–Je n'y comprends plus rien, souffla l'inconnu.

Sur la berge, les sapajous débarquaient les bidons, un à un, avec beaucoup d'effort.

–Pour commencer, je pars observer une vache d'une taille exceptionnelle, poursuivait l'homme, tout pâle, en s'essuyant le front, et je découvre que c'est un éléphant déguisé. Et maintenant des singes font un travail de laitiers. C'est stupéfiant.

–C'est René Descartes, chuchota Lin Dao.

–Le philosophe ? demanda Fu Chi.

– J'ai vu son portrait. C'est bien lui.

Les sapajous essoufflés calaient le dernier bidon contre les deux autres. D'un mouvement de la tête, leur chef leur indiqua la barque.

– Ils vont repartir, dit Fellimare entre ses dents.

L'époustouflant chat de gouttière souffla sur le poil de Mimi Piaillon, projetant au loin Fu Chi, qui n'eut plus que trois bonds à exécuter pour atterrir sur la queue du dernier sapajou qui réembarquait. Mimi Piaillon passa sa patte sur sa fourrure.

– Je déteste quand vous faites cela. C'est l'aventure, mais on n'est pas obligé d'être décoiffé.

La scène n'avait pas échappé à René Descartes. Mais que miaulent donc ces chats au comportement si étrange, se demandait-il, stupéfait. Et voici qu'un chat gris qu'il n'avait pas encore vu posait une patte sur sa manche et de l'autre, avec ses griffes, dessinait quelque chose dans le sable. Descartes se pencha. La lumière de la lune était suffisante pour qu'il reconnaisse des lettres. Incroyable ! Ce chat savait écrire ! Et qu'écrivait-il ? Une histoire de trafic de pièces d'or, de mission secrète et d'éléphant réfugié parmi les vaches.

– Ce ne sont pas des vaches, ne put-il se retenir de dire.

« Pas des vaches ? », écrivit le chat.

– Non. Ce sont des bœufs. Des bœufs de boucherie élevés ici.

« Voilà qui explique encore moins les bidons de lait », griffonna le chat.

– C'est juste, répondit Descartes.

Descartes se frotta énergiquement les yeux. Les rouvrit. Les lettres étaient toujours là et le chat gris le contemplait avec une visible amitié.

« Je suis une sorte d'écrivain, moi aussi, un journaliste », nota l'animal dans le sable.

– Mais qu'est-ce qui m'arrive, s'inquiéta Descartes. Je suis en train de bavarder avec un chat aussi communément que s'il était diplômé de l'université. Ainsi donc, les animaux sont doués de raison !

Pendant que Gazette remettait en place les idées de Descartes sur les animaux, Fellimare et Mimi Piaillon s'organisaient. Il était urgent de déplacer Barnabé. Il ne pouvait rester là, à la merci des sapajous. Si les singes de Gaston d'Orléans venaient à le démasquer, ils sauraient que quelqu'un s'était introduit sur l'île et se méfieraient. Or, il était indispensable pour le succès de l'enquête qu'ils ne soupçonnent pas que leur trafic, quel qu'il soit, avait été découvert.

Barnabé refusa catégoriquement de retraverser la Seine.

– J'ai cru périr noyé, hier. Il est hors de question que j'endure les mêmes souffrances.

Pendant que Fellimare et Mimi Piaillon se demandaient comment sortir de cette impasse, Descartes se fit expliquer la situation par Gazette, toujours griffonnant ses mots dans le sable.

– Il y a peut-être une solution. Voyez-vous…

« Stupéfiant ! pensait-il. Est-ce vraiment moi qui discute avec des chats comme si nous avions été au collège de La Flèche ensemble ? Bénie soit ma curiosité qui m'a poussé à vérifier quelle était cette curieuse vache aperçue tantôt ! »

– Voyez-vous, poursuivit-il, j'ai abordé l'île muni d'une invention admirable, et toute récente. Un ami à moi, le sieur Lanquer, m'a prêté ce bourrelet de liège que je porte autour de la taille. Il m'aurait permis de flotter dans l'eau sans me noyer au cas où ma barque aurait chaviré.

« Formidable ! écrivit Gazette sur le sable. Et cette invention a un nom ? »

– Lanquer l'appelle « le scaphandre », répondit Descartes. Un nom mal choisi à mon avis. Moi, j'aurais dit « bouée », mais passons. J'en ai vu toute une provision chez lui, bien assez pour supporter le poids d'un éléphant. Je ne doute pas qu'il accepte de me les confier pour un soir.

La décision fut vite prise. En un aller et retour en barque, Descartes et Gazette rapportèrent les bouées de liège du sieur Lanquer. « Si c'est pour la science », avait dit ce dernier, stoïque, en ouvrant sa fenêtre, son bonnet de nuit sur la tête. Barnabé fut copieusement ceinturé de liège. Ainsi équipé des scaphandres, nageant de ses quatre pattes et poussé par Mortimer le requin rotant du veau, il descendit la Seine en inspirant l'air de la nuit à pleins poumons, guidé par la barque de Descartes chargée de chats. Gladstone et Lin Dao demeuraient quant à eux sur l'île aux Vaches. Ils avaient pour mission de ne pas perdre de vue les bidons de lait. Sans doute seraient-ils enlevés à un moment ou à un autre de la nuit, comme les précédents avaient dû l'être la veille. Il s'agirait alors de les suivre jusqu'à leur destination, puis de revenir prévenir la bande des chats. Fellimare comptait sur Lin Dao pour aider Gladstone à ne pas se perdre en chemin.

– Stupéfiant ! répétait régulièrement Descartes en ramant et en se retournant fréquemment, l'œil fixé sur le dos de l'éléphant flottant dans la Seine et l'aileron du requin qui l'entraînait. Stupéfiant !

Arrivé à la tour de Nesle, tout ce petit monde mit pied à terre. Descartes accompagna les chats à l'enseigne du Grand-Coq, où Gazette s'empressa d'imprimer un compte rendu de la soirée, puis, plongé dans ses pensées, il retourna chez l'ami qui le logeait. Le philosophe et le chat avaient convenu de se retrouver le lendemain à la taverne de la Pomme de Pin pour mieux lier connaissance.

– Stupéfiant, dit une dernière fois Descartes en s'endormant, à la pensée qu'il avait donné rendez-vous à un chat.

Pendant ce temps, Fellimare, Mimi Piaillon et Gazette, muni de son texte, s'étaient remis en route. Barnabé devait impérativement traverser les rues étroites et encombrées avant le réveil des Parisiens. L'éléphant ravagea sur son passage nombre d'étalages et de toiles tendues en travers de la chaussée. Il transporta un moment sur ses deux oreilles toute la boutique d'un fripier, dont il avait arraché les perches, puis s'arrêta net, le ventre coincé entre deux maisons trop proches l'une de l'autre.

– Pour la discrétion, on repassera, s'essoufflait Gazette en poussant de toute la force de ses petites pattes l'arrière-train immobile de Barnabé.

Fellimare tirait sur la trompe sans plus de succès. La lumière d'une chandelle éclaira une fenêtre qui se mit à grincer. Un dormeur réveillé allait découvrir qu'un éléphant bouchait une rue de Paris.

– Barnabé ! Je dois refermer cette fenêtre ! miaula Fellimare.

Barnabé comprit parfaitement l'intention de l'époustouflant chat de gouttière. Il le souleva sur sa trompe qu'il rabattit vers son dos. Fellimare fut propulsé vers la fenêtre qu'il repoussa de l'épaule, la claquant au nez d'un homme qu'il entendit rouler sur le plancher de sa chambre. Barnabé engagea toute sa force dans un dernier effort. Il s'arracha aux murs qui le retenaient prisonnier. Les façades s'effondrèrent derrière lui.

Gazette, émerveillé, passa entre les morceaux de maison qui pleuvaient sur le pavé.

– Et qui c'est le plus fort ? claironnait-il en faisant rouler ses biceps.

Les maisons avaient été si bien fracassées que dans les chambres éventrées, les lits oscillaient au bord du vide, sur un débris de plancher. Les habitants, réveillés par le fracas et la bise glacée, s'interpellaient d'un étage à l'autre, recroquevillés sur leurs oreillers, sans rien comprendre à ce qui leur arrivait. Barnabé et les chats, lancés au grand galop, étaient déjà loin.

Au palais du Petit-Luxembourg, le valet de chambre Desbournais hésita à laisser entrer l'éléphant, mais après tout, n'avait-il pas pour ordre de ne jamais s'opposer aux allées et venues des chats du cardinal ? Richelieu, appelé en hâte, fut surpris de découvrir un éléphant sous les lustres de son salon d'apparat.

– Mais le Petit-Luxembourg est trop étroit pour loger un tel animal ! s'étrangla-t-il. Ce n'est quand même pas pour rien qu'on l'appelle le « Petit-Luxembourg », ce me semble.

Les informations que Gazette ne tarda pas à lui communiquer détournèrent son attention et l'intriguèrent au plus haut point. L'enquête avançait. Les soupçons se précisaient. Radouci, il considéra avec intérêt Barnabé, pesamment endormi sur le parquet.

– Finalement…, murmura Richelieu. C'est peut-être l'occasion d'emménager dans un palais plus grand. Un palais rien qu'à moi, et pas donné par la reine mère. Un palais sans le mot « petit », qui ne s'accorde pas à la grandeur de l'État que je sers. Je demanderai qu'on puisse empiler dix éléphants dans le grand salon. La précision pourra surprendre un architecte, mais ça lui donnera un ordre d'idée.

Chapitre 3

Que se passe-t-il place Royale ?

– Aïe.

Une douleur sous l'aile réveilla brutalement Gladstone, aussitôt suivie d'une sensation de grand froid. Pourquoi n'avait-il pas passé la nuit dans la confortable volière royale, avec son capuchon sur les yeux ? Où était-il ? Les premières lueurs du jour rosissaient les tours de Notre-Dame et jetaient des flammèches rouges sur les eaux sombres de la Seine. À deux pas, une vache mâchait une touffe d'herbes en récitant placidement :

– « Et rose elle vécut ce que vivent les roses, l'espace d'un matin. »

– Plaît-il ? s'étonna Gladstone, en concentrant son regard sur une barque qu'un homme guidait vers le rivage.

– Elle déclame un poème, commenta Lin Dao. Audacieusement moderne, je le concède, mais très beau. L'auteur s'appelle Malherbe[7].

– Mon poète préféré, ajouta la vache.

– M'étonne pas, murmura distraitement Gladstone, à qui la mémoire des péripéties nocturnes revenait doucement.

– Désolée de t'avoir piqué, chuchota Lin Dao, mais comme tu le vois, il y a du nouveau.

Un homme enjambait le rebord de la barque et s'avançait jusqu'aux bidons. Il les chargea sur ses épaules, un à un, avec difficulté, en soufflant. Puis il repoussa la barque avec sa perche, sauta dedans et laissa le courant l'emporter, se mêlant aux innombrables embarcations qui

7. Consolation à Du Périer, *cité par la vache (qui est un bœuf), est un poème de François de Malherbe (1555-1628).*

affluaient de bon matin vers les marchés de Paris. Maintenant tout à fait réveillé, Gladstone prit son envol. La tâche n'était pas difficile. Suivre la barque depuis le ciel embrasé de l'aube ne faisait pas appel à son sens de l'orientation. Aussi écoutait-il avec intérêt Lin Dao détailler les chargements qu'ils survolaient, ici des troncs d'arbres liés ensemble, mis à flot dans la lointaine Bourgogne, là du foin pressé en cubes très denses, ailleurs le charbon de terre arraché aux montagnes d'Auvergne.

– Le charbon de terre n'est pas un combustible très apprécié. Il pue, mais il tue les serpents, spécifia Lin Dao. Dis donc, as-tu remarqué que notre homme se tient soigneusement à l'écart des autres embarcations qui transportent du lait ?

– Hum… En effet. Pourquoi fait-il cela, à ton avis ?

–Parce que ses bidons contiennent autre chose que du lait. Je te parie qu'il continuera son chemin quand ses collègues s'amarreront à proximité de l'église Saint-Jacques-la-Boucherie. C'est là que se tient le marché au lait.

–Le marché au lait se tient à Saint-Jacques-la-Boucherie ?

–Oui. Sur une petite place appelée « la Pierre-au-Lait ».

–Comment fais-tu... hum... pour savoir tout ça ?

–J'ai une mémoire d'éléphant.

Lin Dao avait raison. Le faux laitier évita soigneusement le quai de Grève où s'arrêtaient les autres barques chargées de lait. Il navigua adroitement entre les piles des trois ponts de la Cité et déboucha bientôt en dehors de Paris. De temps à autre, l'ombre mouvante d'un faucon s'imprimait sur son embarcation livrée au courant, sans qu'il s'en émeuve. Pour distraire Gladstone, Lin Dao lui récitait l'œuvre complète de Malherbe, qu'elle connaissait par cœur.

Au moment où le faucon se félicitait d'avoir emporté avec lui une bibliothèque portative vivante, utile pour tromper l'ennui des vols au long cours, Gazette entraînait discrètement Descartes dans l'escalier qui conduisait dans la cave de l'auberge de la Pomme de Pin, à l'entrée du pont Notre-Dame.

– Dans la cave, vraiment ? hésitait Descartes. D'habitude, je m'assieds près de la fenêtre, là, et je commande des andouilles et du cervelas avec une petite bière anglaise.

– Les andouilles sont bien meilleures à la cave, miaula Gazette. Et personne ne s'y étonnera de m'en voir manger avec une fourchette.

Descartes secoua la tête. Le chat pouvait miauler. Il n'entendait pas son langage. Fort heureusement, il y avait songé à son réveil et avait à la hâte fabriqué une série de petits tampons, en recouvrant de feutre autant de caractères d'imprimerie qu'il y a de lettres dans l'alphabet. Gazette en comprit immédiatement l'intérêt. En trempant les tampons dans la bouteille d'encre que lui tendait Descartes et en les appliquant sur une feuille de papier, il pouvait rédiger en hâte les phrases qu'il ne savait autrement que miauler. Le chat de bonne presse se répandit en remerciements.

–Ce n'est rien. Toutes ces petites inventions me délassent, commenta Descartes. Bon. Puisque nous sommes là, nous allons déboucher un petit vin de Loire et faire connaissance. D'abord, je dois vous féliciter pour votre article dans la gazette de Renaudot : « Mystérieuse disparition de l'éléphant de Sevender ! » Quel excellent titre ! Tout Paris ne parlait que de cela, hier.

Quelques verres de muscadet plus tard, Gazette ne faisait plus vraiment attention à ses fautes et Descartes s'était totalement habitué à exposer ses théories à un chat lettré. Une chose cependant le tracassait. Devait-il continuer à le vouvoyer ?

L'élégante Mimi Piaillon descendit à son tour l'escalier de la cave en sautillant.

– Une andouille, chère Mimi ? proposa Gazette.

– Merci. J'ai déjà mangé. Et bu aussi…, ajouta Mimi Piaillon après un coup d'œil sur les yeux brillants de Gazette.

– Moi z'aussi. Tout va très bien. Des nouvelles de Gladstone ?

– Pas la moindre. Dieu sait où l'aura mené sa piste. En revanche, Fellimare nous attend place Royale[8] avec Fu Chi. Je suis venue vous chercher.

Gazette traduisait la conversation pour Descartes au fur et à mesure, en se servant de ses tampons et de la bouteille d'encre.

– Je vous accompagne, dit le philosophe. Je connais bien la place Royale. Une merveille d'architecture ordonnée. Je me mets à votre service. Je suis sûr que mes capacités de déduction pourront vous aider à percer le mystère.

Place Royale, Fellimare, adossé à une arcade, attendit que ses amis l'entourent pour ouvrir sa patte avant droite, qu'il avait jusque-là gardée fermée. Fu Chi y vibrait bizarrement.

– Tu as bu z'aussi ? demanda Gazette en se penchant sur le minuscule point rouge qui paraissait flou à force de trembler.

 8. Place Royale : ancien nom de la place des Vosges.

–Non. J'ai le mal de mer, répondit Fu Chi. Je n'arrive pas à m'en débarrasser.

–Stupéfiant ! dit Descartes quand Gazette lui eut rapporté par écrit les propos de Fu Chi.

–C'est comme ça depuis cette nuit, continua la puce. Je me suis accrochée à la queue de ce maudit sapajou. Mais elles sont terriblement longues, ces queues ! Ça bouge tout le temps, là, tout au bout ! J'ai tenu autant que j'ai pu, mais après avoir dépassé la place Royale, j'ai eu un haut-le-cœur de trop. J'ai lâché prise. J'ai roulé dans la poussière.

Mimi Piaillon fit la grimace.

–Tu as perdu les sapajous.

–Pas tout à fait. J'ai vu quelle porte ils poussaient. Dans la rue, là-derrière…

–Tu peux préciser ? Quand tu ne vibres pas, ce n'est déjà pas facile de voir tes gestes, mais là…, reprit Mimi Piaillon.

Fellimare montra de la patte la rue des Minimes et y emmena ses amis.

–Mais, c'est le couvent des Minimes ! s'exclama Descartes. C'est impossible ! J'en connais très bien le supérieur, le père Mersenne. Un grand savant et un homme d'honneur ! Jamais il ne tremperait dans de honteux trafics !

–Pourtant, les sapajous y sont entrés cette nuit, reprit la voix tremblante, mais puissante, de Fu Chi.

–Il y a là-dessous quelque diablerie, s'entêtait Descartes en poursuivant son raisonnement à voix haute. Et je connais le moyen de nous en assurer. Le père Mersenne m'a convié ce soir, ici même, dans son couvent, à la conférence que doit y donner un sieur de Chandoux sur je ne sais plus quel sujet. Vous m'accompagnerez et vous mènerez votre enquête pendant que je détournerai l'attention. Je suis certain qu'il y a une explication rationnelle à cet incompréhensible rebondissement.

– Évitez le mot « rebondissement », s'il vous plaît, geignit Fu Chi.

Le soir venu, à l'heure dite, Descartes s'arrangea pour échanger quelques mots avec le portier du couvent, en s'attardant sur le seuil plus longuement qu'il n'était nécessaire. Sur la pointe des pattes, Mimi Piaillon et Fellimare filèrent entre ses jambes, contournèrent la robe noire du moine et s'élancèrent dans l'escalier sans avoir attiré son attention.

Et Gazette ? Où se trouvait Gazette ? Gazette, intéressé par la perspective de tirer de cet événement mondain un article pour le journal de Renaudot, était roulé en boule dans la besace de Descartes. C'est ainsi, ni vu ni connu, qu'il entra avec le philosophe dans la salle où se massait déjà le public venu écouter la conférence.

– Toujours aussi élégant, mon cher Descartes. Un chapeau à plumet, l'épée au côté, ainsi qu'il sied à un gentilhomme, et cet habit de taffetas vert à la dernière mode !

Un grand moine au visage allongé et au front dégarni avait abordé Descartes et lui serrait chaleureusement la main.

– Je songe à en changer et à m'habiller de noir, comme vous, mon cher Mersenne. Pour donner plus de gravité à mes discours.

– Gardez-vous-en. Je porte l'habit de mon ordre. Le vert m'est interdit. Or, la vue du vert est bénéfique pour l'âme, mon cher Descartes, tout comme le bleu l'est pour l'œil. Mais laissez-moi vous présenter notre conférencier.

Le père Mersenne s'effaça et poussa en avant un homme massif, vêtu d'un pourpoint bleu déboutonné sur une chemise dont débordaient dentelles et rubans.

– Nicolas de Villiers, sieur de Chandoux.

« Et Bébert ! » constata Gazette avec stupéfaction en apercevant l'épagneul niché dans les bras du nouveau venu.

Bébert ! Le chien du comte de Chalais, compromis dans la conspiration contre Richelieu qu'avaient déjouée les chats[9] ! Bébert ! Que faisait-il là ?

Les trois hommes se saluèrent cérémonieusement. Le père Mersenne précisa que la conférence allait commencer et invita Chandoux à rejoindre le pupitre. Descartes se pencha vers lui, dès que Chandoux eut tourné les talons.

 9. *Voir tome 1,* Au secours de Richelieu !

– Rappelez-moi le sujet. Je crains de l'avoir oublié.

– L'or potable. Chandoux tente de renouveler notre savoir en faisant appel aux idées alchimiques[10]. Je suis aussi sceptique que vous. Mais nous sommes voisins. Chandoux habite la maison d'à côté. J'étais pour ainsi dire obligé de l'inviter. Et puis, c'est un ami du frère du roi, Gaston d'Orléans.

En entendant le mot « alchimie », Descartes avait poussé un grognement. Gazette ne prit pas la peine de se demander pourquoi. Gazette était préoccupé. Que faisait Bébert, ce traître, dans les bras de Chandoux ? Pourquoi Chandoux s'occupait-il d'or, même potable ? Et d'abord, qu'était-ce que « l'or potable » ? Il fallait avertir Fellimare et Mimi Piaillon.

10. Alchimique : qui a un rapport avec l'alchimie, une science mystérieuse des métaux.

« Dommage pour mon article », soupira Gazette en sautant hors de la besace et en arborant son sourire le plus naturel pour traverser les rangs des spectateurs dans l'espoir de se faire passer pour l'un d'eux.

Personne parmi les savants sagement assis sur leurs bancs ne s'intéressa à ce chat gris. Sans doute appartenait-il au couvent. Aucun d'ailleurs n'avait idée qu'un chat puisse sourire. En outre, Chandoux allait prendre la parole, si bien que Gazette se fit inutilement mal aux zygomatiques[11], mais put atteindre sans dommage la porte de la salle. Restait à retrouver ses amis. Le chat de bonne presse parcourut plusieurs fois le couvent avant de les découvrir dans la sacristie de la chapelle, en train de sonder de la patte les panneaux sculptés posés sur les murs.

11. Zygomatiques : muscles du visage qui permettent de sourire.

–Vous êtes sur une piste ? demanda Gazette avec un frémissement d'espoir.

–Que nenni ! Nous n'avons encore rien vu de suspect, répondit Fellimare. Nous espérons trouver un passage secret. C'est toujours intéressant, de trouver un passage secret.

–Moi, j'ai des nouvelles. Bébert ! enchaîna Gazette.

–Quoi, Bébert ? le coupa Mimi Piaillon.

–Bébert est de retour. Le conférencier, ce Chandoux, a dû l'adopter après l'arrestation de Chalais. Ils sont ensemble. Or, qui dit Bébert…

–… dit con…, lancèrent ensemble Fellimare et Mimi Piaillon, qui s'interrompirent aussitôt en souriant, amusés d'avoir parlé exactement en même temps.

–J'allais dire « complot », compléta Fellimare.

–Et moi, « confiture », ajouta Mimi Piaillon avec effroi, au souvenir de toutes les conversations sur les confitures que lui avait infligées l'épagneul de Chalais.

–En plus, Chandoux est une sorte de spécialiste de l'or, ajouta Gazette.

Fellimare et Mimi Piaillon échangèrent un regard.

–Il ne faut plus lâcher Bébert. C'est notre meilleure chance. Peut-on se glisser dans la salle de conférences sans se faire remarquer ? demanda Fellimare.

–Si tu souris, personne ne fera attention à toi, répondit Gazette.

Chapitre 4

L'or potable

– J'ai donc établi que l'or potable est le plus sûr des médicaments. Il peut guérir aussi bien la lèpre que la faiblesse du corps. Quiconque ne se nourrirait que d'or ne mourrait jamais !

Debout derrière le pupitre, Chandoux agitait ses petits bras au-dessus de sa tête depuis un bon moment. Il les laissa retomber, posa ses coudes sur le pupitre, entremêla ses doigts, appuya son menton sur ses pouces et fixa longuement son public, les yeux dans les yeux.

– Mais comment obtient-on cette potion merveilleuse ? Je vous le demande ?

Trois têtes de chats souriants se superposèrent les unes sur les autres à la porte de la salle. Où était passé Bébert ?

– Rien n'est plus simple et je vais vous l'expliquer, continuait Chandoux. Vous mettez une poule à cuire dans beaucoup d'eau, après avoir pris soin de la farcir de pièces d'or. Le bouillon que vous recueillerez s'appelle « l'or potable ». Il a en outre un très bon goût de poulet…

Les trois chats désespéraient. Aucune oreille basse d'épagneul en vue. Gazette partit patrouiller entre les bancs, sûr que son sourire le protégeait. Il passa devant Descartes et en profita pour lui faire un petit geste de la patte.

– … son goût n'en est que meilleur si vous ajoutez du persil et de la sauge, poursuivait Chandoux. Ce bouillon sera capable de rendre sa vigueur au plus épuisé des malades.

–Quel ramassis de stupidités, gronda Descartes entre ses dents, hors de lui. Rien de tout cela n'est prouvé. Rien ne marche ainsi dans la nature ! Tout à l'heure, je vais lui dire ma façon de penser !

Mais toujours pas de Bébert. Gazette aurait volontiers assisté à la colère de Descartes, mais il y avait plus urgent. Il rejoignit Fellimare et Mimi Piaillon, épuisés à force de sourire.

–Bébert a disparu !

–Et s'il s'était esquivé ? S'il préparait quelque vilenie ? s'inquiéta Mimi Piaillon.

–Allons voir dehors !

La nuit avait envahi la rue des Minimes et la place Royale. Les façades en brique des pavillons s'illuminaient de l'éclat des lanternes, tandis que les arcades sombraient dans l'obscurité. Une voix se fit entendre dans la fourrure de Mimi Piaillon, qui sursauta.

–Si on a perdu Bébert, on pourrait assister à la suite de la conférence, suggéra Fu Chi. C'est assez intéressant et…

–Pourquoi choisis-tu toujours ma fourrure ? s'insurgea Mimi Piaillon. Pourquoi tu ne t'installes jamais sur Gazette, par exemple ?

–La fourrure des angoras est beaucoup plus soyeuse et donc confortable. Alors, pour la conférence, c'est oui ?

De la patte, Fellimare leur intima l'ordre de cesser leur dispute et de reculer dans l'ombre des arcades. Trois minuscules chiens entraient à la queue leu leu dans une maison de la rue des Minimes.

–Des chiens de manchon ! Les chouchous des dames de la cour, d'affreux petits bibelots qu'elles promènent partout dans leurs manches, murmura-t-il.

– Le genre de copains qu'a pu se faire Bébert au Louvre, renchérit Mimi Piaillon.

– On les fabrique en Artois, crut bon de préciser Fu Chi. À leur naissance, on leur frotte les articulations avec de l'alcool pour qu'ils ne grandissent pas.

– J'ai entendu le père Mersenne dire que Chandoux habitait une maison qui touche le couvent des Minimes, compléta Gazette. M'est avis que ce pourrait bien être celle-là et qu'on pourrait y retrouver Bébert.

Fellimare s'était avancé jusqu'à la porte suspecte.

– Elle est restée entrouverte. Bébert attend peut-être encore d'autres invités. Profitons-en.

Repérer Bébert fut un jeu de chaton. Il suffisait de se laisser guider par le vacarme. Profitant de l'absence de son maître, occupé à pérorer dans le couvent d'à côté, Bébert avait transformé le salon en tripot[12]. Vautré sur un fauteuil, une pipe en terre à la bouche d'où s'échappait la fumée d'une herbe malodorante, appelée « tabac », Bébert jouait aux cartes avec une bande de chiens, certains frisés et parfumés, d'autres à la mine beaucoup plus inquiétante.

– Je tiens ! beuglait l'épagneul qui prétendait ne se nourrir que de confitures, en poussant en avant des jetons sur la table de jeu.

– Ça va barder ! aboya un dogue patibulaire en vidant sa bourse sur la table.

Des carafes en cristal de vin d'Espagne, déjà plus qu'à moitié vides, tremblaient sur les buffets chaque fois qu'un joueur frappait de la patte sur la table pour marquer sa déception d'avoir perdu le point. Un épais nuage de fumée dérivait sous les angelots en plâtre

 12. Tripot : salle de jeux clandestine.

jouant de la harpe au coin des délicates moulures du plafond.

–Ce Bébert est ignoble, siffla Mimi Piaillon entre ses crocs.

–Oui. Il joue aux cartes comme un pied, chuchota Fu Chi. Le dogue avait un brelan d'as, ça se voyait.

–Il n'y a pas comme un bruit, là ? demanda Fellimare.

–On pourrait parler encore plus fort qu'ils ne nous entendraient pas, se moqua Mimi Piaillon.

–Je veux dire : un autre bruit. Écoutez bien.

Les chats tendirent l'oreille. Effectivement, Mimi Piaillon et Gazette finirent par discerner, sous le tumulte du tripot, une sorte de martèlement sourd qui résonnait de très loin. Ils se retirèrent dans l'escalier, puis à l'étage. Les hurlements des joueurs leur parvinrent atténués.

Il y avait bien un martèlement quelque part dans la maison. Mais où ? Prudemment, les chats parcoururent les étages. La succession de chocs étouffés était toujours perceptible, mais elle semblait s'éloigner chaque fois que les chats croyaient s'en approcher.

– Il est parfois très difficile de déceler l'origine d'un son, expliqua Fu Chi. Je me souviens d'une expérience avec un gong, au cœur d'un brouillard à couper au sabre, dans les montagnes escarpées du Yunnan, en Chine. Lin Dao et moi campions sur un bouquetin, sur un pic voisin. Le son semblait venir de partout… Gloups ! Mimi, pourquoi freinez-vous si brusquement en vous tapant le front ? J'ai failli avaler ma langue !

Mimi Piaillon s'était en effet immobilisée au milieu de la chambre de Chandoux. Fellimare, qui fouillait sous le lit, passa une tête curieuse entre le parquet et le couvre-lit. Gazette, qui repartait enquêter au grenier, se retourna trop brusquement dans l'escalier et dévala les marches dans un pénible désordre de pattes. Il s'affalait sur le palier, devant la chambre, quand Mimi Piaillon ouvrit la bouche.

– Je me souviens, maintenant. Ces angelots qui jouent de la harpe sous le plafond, dans le salon… J'entends encore Richelieu s'en moquer au moment de l'arrestation du maréchal d'Ornano. Il les trouvait ridicules. Il disait que le maréchal n'avait décidément pas plus de goût pour la décoration que de bon sens pour le gouvernement. Nous sommes dans la maison du maréchal d'Ornano. Près de la place Royale ! J'aurais dû y penser plus tôt !

– Je n'y comprends plus rien. Je croyais que nous étions chez Chandoux, se plaignit Gazette en se frottant les côtes.

–Gazette ! Souvenez-vous ! répliqua Mimi Piaillon. D'Ornano était l'un des complices de Chalais[13]. Il a été jeté au cachot sous nos yeux. Chandoux aura repris sa maison comme il aura hérité de son chien. N'oubliez pas que c'est la piste des sapajous qui nous a menés ici. Nous avons affaire à la même bande de conspirateurs !

Fellimare se tenait devant Mimi Piaillon, les yeux étincelants.

–Mais en quoi cela nous aide-t-il ? la pressa-t-il.

–Avant d'être arrêté, d'Ornano s'est aussi rendu ridicule en entretenant une bande de faux alchimistes dans sa maison de la place Royale. Il espérait pouvoir fabriquer de l'or. Il y a perdu une fortune, dix mille écus, dit-on.

–Et Chandoux s'intéresse à l'or, lui aussi, continua Fellimare, puisqu'il en fait des potages

13. *Le maréchal d'Ornano et le comte de Chalais ont comploté d'assassiner le cardinal de Richelieu. Voir tome 1,* Au secours de Richelieu !

au goût de poulet, il a même donné la recette pendant sa conférence. Il aura remis en marche l'atelier secret de d'Ornano, caché quelque part. Reste à savoir où…

–Moi, je sais, dit Fu Chi, du fond de la fourrure de Mimi Piaillon.

Les trois chats tournèrent leur regard approximativement vers la touffe de poils qui avait semblé parler.

–Comment ça, tu sais ? s'étonna Fellimare.

–Je l'ai lu en me promenant dans le rapport d'interrogatoire du maréchal d'Ornano, qui traînait sur le bureau de Richelieu. L'atelier se trouve sous la cuisine. On y descend par le four à pain. Il faut seulement s'assurer que personne n'y a mis du pain à cuire. Sinon, on se brûle.

–Mais c'est magnifique, Fu Chi ! Si je savais où tu étais, je t'embrasserais ! s'écria Fellimare.

Mimi Piaillon fronça les sourcils.

–Vous ne pensez pas qu'il faudrait me demander la permission d'abord ?

–Je ne vois pas le rapport. C'est Fu Chi que je veux embrasser.

–Mais c'est mon dos qui essuierait le baiser !

–De toute façon, j'ai horreur des bisous, les coupa Fu Chi. J'ai toujours peur d'être avalée plutôt qu'embrassée. Il faut me comprendre. Quand on est aussi petite que moi…

–Et si on allait voir à la cuisine, proposa Gazette. On pourra toujours s'embrasser après.

–Ou pas, conclut Mimi Piaillon en prenant résolument la direction de la cuisine.

Comme il était prévisible, le four à pain était au repos et parfaitement froid. Il suffisait d'ouvrir sa porte en fonte pour que s'amplifie l'écho des coups sourds. Fellimare, bougonnant que ses bisous n'avaient rien de dégoûtant, y entra le premier. Mimi Piaillon le suivit en haussant les épaules.

– Pas une seule trace de suie[14], observa-t-elle. On ne fait jamais cuire de pain ici.

Au fond du four, un escalier en colimaçon s'enfonçait dans le sol. Les chats en descendirent prudemment les marches luisantes d'humidité. Plus ils avançaient, moins ils entendaient les vociférations des chiens joueurs de brelan, et plus distinctement leur parvenaient les bruits de coups de marteaux.

– Chandoux aurait-il trouvé le moyen de fabriquer de l'or ? se demandait Gazette en songeant à la sensation que produirait cette révélation dans le journal de Renaudot.

Il eut mieux fait de regarder devant lui. Il ne vit pas que Fellimare, parvenu sur la dernière

14. *Suie : poudre noire laissée par la fumée.*

marche de l'escalier, s'était arrêté, imité par Mimi Piaillon. Il percuta violemment la petite chatte angora, qui tomba sur Fellimare, et tous les trois, plus Fu Chi, mais personne ne la voyait vraiment, s'effondrèrent, tête la première, au beau milieu de l'atelier.

Six sapajous vêtus de tabliers et coiffés d'un chiffon se retournèrent vers eux. Fellimare nota que l'un d'eux frappait avec une énorme masse un lingot de cuivre qu'il avait presque réduit à l'état de tôle. Deux autres découpaient avec des burins[15] des carreaux de la taille de pièces de monnaie dans une tôle déjà aplatie. Les derniers passaient les carreaux au four pour les ramollir, puis d'un coup de marteau sur un coin gravé, y imprimaient une pièce de monnaie. Ils enlevaient ensuite les petits bouts de métal inutiles puis trempaient la pièce dans un chaudron en ébullition.

15. Burin : tige d'acier dont la pointe sert à couper ou graver le métal.

« Des faux-monnayeurs », pensa Gazette en déglutissant difficilement.

Pour l'heure, la surprise figeait les sapajous dans le geste qu'ils étaient en train d'effectuer, marteaux en l'air, burins en suspens et yeux agrandis par la réflexion. L'époustouflant chat de gouttière pouvait presque suivre la progression de la pensée dans leurs cerveaux en se fiant à la lueur hésitante qui chassait peu à peu la stupeur de leurs yeux.

« Coup de chance ! pensa-t-il. On est tombés sur les plus bêtes. »

Fellimare n'attendit pas que ses adversaires aient repris leurs esprits. Il bondit sur ses pattes, sauta en l'air d'un bond prodigieux, et d'un coup de griffe sectionna la corde qui retenait un lustre en forme de roue de charrette. Le lustre se détacha du plafond et assomma les sapajous qui imprimaient les pièces.

–Trois d'un coup, se félicita Fellimare.

C'était un coup heureux. Les trois sapajous restant s'étaient ressaisis. Ils se précipitèrent en hurlant sur l'époustouflant chat de gouttière. Fellimare s'empara d'une bougie encore allumée, sur le lustre écroulé, et la brandit devant lui. Le sapajou le plus proche suspendit son élan pour regarder avec perplexité le poil de son ventre griller. Mal lui en prit. Une tôle en cuivre s'abattit sur sa tête.

–C'est lourd, ces choses-là, dit Mimi Piaillon en lâchant la tôle pour pouvoir recoiffer une mèche de ses poils angoras.

Gazette sauta sur la tôle, assommant définitivement le sapajou couché dessous. Les deux derniers singes, armés de burins affûtés, se retournèrent vers Mimi Piaillon, dans l'intention manifeste de venger leur chef.

–Encore un pas et je vous taille la tête au carré, gronda la voix de Fu Chi comme si c'était le tonnerre qui roulait dans l'atelier.

Les deux sapajous se regardèrent, indécis. Ces chats disposaient-ils d'une arme secrète ? Un monstre invisible, planant dans les airs, aussi imposant que sa voix ? Jupiter[16] lui-même ? Fellimare profita de leur hésitation pour infliger au premier sapajou le traitement inventé par Mimi Piaillon, avec cette différence qu'il utilisa un lingot massif pour lui cogner le crâne et l'envoyer au tapis.

Le dernier sapajou l'attaqua au burin. Fellimare se défendit en parant les coups avec ses longues griffes. Le sapajou tenta de le surprendre en le visant à la tête. Le burin passa au ras du cou de Fellimare, qui n'eut que le temps de sauter en arrière. Enhardi par son demi-succès,

16. Jupiter : dieu du Ciel et de la Foudre dans la mythologie romaine.

le sapajou voulut répéter la même manœuvre. Fellimare s'y attendait. Il para le coup, entortilla le burin entre ses griffes et le projeta en l'air. Le sapajou le chercha désespérément du regard, le reçut sur la tête et tout fut dit. Il s'écroula aux pieds de Fellimare.

Gazette, lui aussi toutes griffes dehors, dansait sur ses pattes arrière.

– Où sont les autres ? Où sont les autres ? s'excitait-il tout seul.

– Je crois qu'ils ont leur compte, le calma Fellimare. Maintenant, voyons ce que nous avons là…

Il se pencha sur un bidon de lait déjà rempli à ras bord de pièces d'or.

– De la fausse monnaie. Chandoux fait semblant de s'intéresser au potage, mais en fait, avec l'aide des sapajous, il fabrique de la monnaie qui n'a aucune valeur. Comment appelle-t-on cela ? De la monnaie de singe[17], justement !

Mimi Piaillon se pencha à son tour sur le bidon.

– Richelieu se plaint que le royaume est inondé d'argent venu d'on ne sait où. La monnaie y perd sa valeur. L'impôt ne rapporte presque plus rien et les finances du roi sont menacées de ruine…

– Alors, c'est vrai, Chandoux a trouvé le moyen de changer le plomb en or ? s'émerveilla Gazette en sondant à son tour du regard les profondeurs du bidon.

– Pas exactement, dit un sapajou derrière eux.

Absorbés par leur découverte, les trois chats n'avaient pas entendu Chandoux et deux singes surgir dans leur dos. Ils n'eurent pas le temps

 17. *Voir p. 140.*

de réagir. Chandoux avait choisi une tôle assez longue pour les assommer tous les trois d'un seul coup.

Chapitre 5

Gladstone est de retour

–Ce Chandoux est un charlatan ! tempêtait Descartes en arpentant la petite chambre que le père Mersenne occupait au dernier étage du couvent des Minimes. Tenter d'expliquer l'univers à partir d'un potage de poule assaisonné d'or ! Quelle bêtise !

Le père Mersenne bâilla. L'aube n'allait pas tarder à se lever. Il était fatigué, mais Descartes était si remonté qu'il ne voyait pas le temps passer et ne semblait pas décidé à le laisser dormir.

–Vous lui avez parfaitement répondu, répéta pour la dixième fois Mersenne. Vos raisonnements ont fortement impressionné l'assistance.

Vous devriez écrire un livre pour exposer votre méthode.

–J'y songeais. Ce Chadoux achève de me convaincre. Je…

–Chandoux.

–Je vous demande pardon ?

–Il s'appelle Chandoux.

–Qu'est-ce que j'ai dit ?

–Vous avez dit « Chadoux ».

Descartes s'immobilisa, comme frappé d'une pensée soudaine.

–J'ai dit Chat-doux ?… Je vois… Une association d'idées. Une… étude sur les chats que j'ai commencée. Stupéfiante, je dois dire. Vous devez être fatigué, mon cher Mersenne. Il se fait tard.

–Je ne vous cacherais pas qu'un peu de repos…

Descartes se hâta d'attraper son manteau, son épée et son chapeau, et sans laisser Mersenne finir sa phrase, le remercia encore pour cette excellente soirée et le laissa enfin s'écrouler sur son lit. Le philosophe descendit les escaliers du couvent quatre à quatre. Il se reprochait d'avoir complètement oublié les chats dans le feu du débat. Où pouvaient bien être passés ses nouveaux et singuliers amis ? Leur enquête avait-elle progressé ? Étaient-ils déjà repartis, lassés de l'attendre ?

Descartes faillit passer devant le portier sans le saluer puis se ravisa, et lui souhaita la bonne nuit.

–Ce n'est pas encore tout de suite que j'irai me coucher, répondit le portier d'une voix éteinte. Vous n'êtes pas le dernier. Le sieur Chandoux n'est pas encore parti.

Pour la seconde fois en l'espace de quelques minutes, Descartes s'immobilisa tout net, un pied sur le seuil du couvent.

« Je m'immobilise beaucoup en ce moment », pensa-t-il.

Puis, se tournant vers le portier, il se fit confirmer que le conférencier n'avait pas repassé la porte du couvent. Il prétendit alors avoir oublié un livre que le père Mersenne lui avait prêté et rebroussa chemin.

– Voyons, réfléchit-il. Procédons avec méthode. J'ai moi-même aperçu Chandoux au bas de l'escalier, vers la minuit, son manteau sur les épaules. Tout indiquait son intention de quitter les lieux. Or le portier ne l'a pas vu passer. Donc Chandoux est toujours dans le couvent. Vraiment ? Qu'y ferait-il à cette heure ? Mais j'y pense…

Descartes tapotait le bout de son nez avec son index, geste que ses amis savaient reconnaître comme l'indice d'une profonde concentration.

– J'y suis ! Chandoux habite la maison voisine. Supposons qu'un passage secret lui permette d'aller et venir entre les deux bâtiments. Ainsi s'expliquerait aisément qu'il ne soit pas ressorti ce soir. Y aurait-il un rapport avec les sapajous ? Eux aussi fréquentent le couvent des Minimes, Fu Chi les a vus. Or, je ne peux croire que les moines soient mêlés à ce trafic de monnaie. Un passage secret expliquerait tout : les sapajous l'empruntent pour passer du couvent au logis de Chandoux, et vice versa. La ruse est habile. Les bidons transitent par la porte du couvent. En cas d'enquête, les soupçons se porteraient d'abord sur les moines et laisseraient aux vrais coupables le temps de fuir. Si mon raisonnement est exact, il faut que Chandoux soit à la tête du trafic. Le gredin ! Il ne me reste plus qu'à découvrir ce passage secret pour m'ôter tout doute sur ma théorie.

Et puisque Chandoux était descendu jusqu'à la porte d'entrée, Descartes en conclut que le passage secret devait se trouver au rez-de-chaussée ou dans les caves. Il en explora en vain chaque recoin. Il allait quitter la dernière cave quand son regard tomba sur un puits condamné.

– Ah, ah ! énonça-t-il clairement entre ses dents. Vieux puits. Maçonnerie ancienne. Ces maisons ont été construites sur le palais des Tournelles de nos vieux rois. Ce puits doit dater de ce temps-là. Or, que vois-je ? De la poussière partout dans cette cave inoccupée, sauf sur la plaque de bronze qui ferme le puits.

Comme s'il servait souvent. Et pourtant, aucun seau sur sa margelle. Si l'on n'y puise pas de l'eau, à quel autre usage ce puits est-il destiné ? Il pourrait servir…

Descartes, qui avait gardé de ses années de soldat une solide musculature, fit pivoter la plaque qui obturait le puits.

– … à changer de maison, compléta-t-il en descendant résolument les échelons en fer fichés dans la maçonnerie du puits, qu'aucune eau ne troublait plus depuis longtemps.

Arrivé en bas du puits, Descartes appuya ses paumes sur les briques alentour jusqu'à ce que l'une d'elles s'enfonçât. Alors, un pan entier pivota, entraînant le fond du puits dans un mouvement circulaire et faisant tourner Descartes sur lui-même. Le mécanisme s'immobilisa de l'autre côté, au seuil d'une cave voûtée que

Descartes identifia immédiatement comme un atelier d'alchimiste.

« Tout cela est parfaitement logique », pensa le philosophe en furetant parmi les flacons et les outils.

Il récupéra quelques louis d'or oubliés, les contempla longuement, huma un bain coloré encore tiède, en fit couler quelques gouttes sur un établi et hocha la tête plusieurs fois. Après cette première inspection scientifique, il refit un tour des lieux, en s'attachant cette fois au mobilier. Était-il normal que le lustre soit éparpillé sur le sol ? Pourquoi cette chaise était-elle brisée ? Et cette plaque de tôle, pourquoi conservait-elle la forme de trois chats parfaitement alignés ?

–Chandoux, l'or et les chats ont disparu. Et ils sont ensemble, conclut Descartes. Il faut prévenir le cardinal. Oui, mais… C'est difficile sans introduction. Ah ! Je sais qui peut m'aider ! Le maître de Gazette ! Renaudot !

Au même moment, Gladstone zigzaguait au-dessus des méandres de la Seine, à l'approche de Paris. Il volait depuis vingt-quatre heures, depuis qu'il s'était élancé derrière la barque du faux laitier. Il l'avait suivie jusqu'à sa destination et avait aussitôt repris la direction de Paris en sens inverse. Il était épuisé. Lin Dao, à califourchon sur son aile, l'encourageait à tenir bon. Gladstone apercevait les tours de Notre-Dame au loin. Penser à l'enthousiasme de ses amis quand il leur révélerait la destination finale des bidons l'aidait à puiser dans ses dernières forces.

– Nous y sommes presque, répétait Lin Dao.

– Nous y serions déjà si nous n'avions pas fait tant de détours, gémit Gladstone. Je croyais que tu… hum… avais un meilleur sens de l'orientation que moi.

– Ben… Pas terrible, en fait. Je n'ose pas trop l'avouer. Même si c'est grâce à ce petit défaut que Christophe Colomb a découvert l'Amérique. Colomb a toujours cru qu'il avait tout fait, mais il ne serait arrivé à rien sans Fu Chi et sans moi.

Gladstone souffrait de crampes jusque dans les plumes. Il fermait de temps en temps les yeux, prêt à céder à une irrésistible envie de replier ses ailes pour les reposer. Ils tomberaient alors comme des pierres. Enfin, lui tomberait comme une pierre, et Lin Dao, comme un grain de poussière. À cette altitude, la chute lui serait fatale. À la puce, sans doute pas.

– Raconte-moi, dit-il en donnant un nouveau coup d'ailes désespéré.

– Colomb voulait atteindre les Indes. C'était une idée fixe. Fu Chi et moi avons embarqué avec lui. Nous voulions rendre visite à de vieilles copines à Bénarès[18]. L'occasion était belle. Alors j'ai modifié les instruments de navigation de Colomb pour l'aider à mettre le cap directement sur Bénarès, tant qu'à faire. Résultat, on s'est retrouvés en Amérique. J'ai dû faire une erreur. Je me demande encore laquelle. Dis donc ? Ce n'est pas l'aileron de Mortimer que je vois là ?

La fatigue troublait la vision de Gladstone depuis quelques heures déjà. Mais le courageux petit faucon parvint à distinguer en contrebas, patrouillant dans la Seine, le dos sombre du requin des ponts de Paris. Avec un intense soulagement, il se laissa planer jusqu'à lui et se posa en catastrophe sur son aileron.

18. Bénarès : ancien nom de la ville de Varanasi, en Inde.

– Mortimer ! C'est le ciel qui t'envoie ! Je n'en pouvais plus, haleta Gladstone.

– Le ciel, je ne sais pas. D'ailleurs, du ciel, c'est plutôt toi qui en viens. Le temps me paraissait long. J'ai pensé que tu ne serais pas contre un remorquage pour finir ton voyage. Tu as volé si loin que ça ?

– Non. Pas très loin. Hum... On s'est perdus. Pour un peu, on finissait en Amérique.

– Pourquoi en Amérique ? s'étonna Mortimer en mettant le cap sur Paris.

– Justement, je n'ai jamais su pourquoi, soupira Lin Dao.

– Attachez vos serres et crampons, les amis, on y va ! pétarada Mortimer.

Et l'aileron du requin des ponts de Paris, suivi d'un sillage d'écume blanche, fut bientôt tout ce qui de lui resta émergé. Quiconque,

depuis les quais de Paris, se fût attardé à contempler le fleuve, eût vu au beau milieu des flots un faucon décoiffé par le vent s'agripper des deux ailes à un aileron de requin. Mais Mortimer nageait si vite et si adroitement, entre de nombreux bateaux qui le dissimulaient au regard, que seul Descartes, depuis un pont, l'aperçut fugacement.

– Hourra, cria le philosophe en lançant son chapeau en l'air.

La bise de février soufflait sur les quais. Elle emporta son chapeau vers la Seine. Ce fut donc les oreilles glacées que le philosophe, maudissant son enthousiasme et pressant le pas, poussa la porte du bureau de Théophraste Renaudot. Ce dernier raccompagnait à sa porte un patient qui terminait de réajuster ses vêtements.

–Ce n'est qu'un simple flux d'entrailles[19]. Procurez-vous une préparation à base d'ambre, de corail, de menthe, de terre de Blois, et il n'y paraîtra plus. N'oubliez pas de déposer un don dans la boîte, là où l'on peut consulter les annonces.

Le malade se confondit en remerciements. Descartes le regarda entrer dans l'une des officines d'apothicaire qui s'étaient installées dans la cour du Grand-Coq. Renaudot le pria de le suivre dans son cabinet de soins, une petite pièce sombre et pauvrement meublée.

–J'avais entendu dire que vos consultations étaient gratuites, dit le philosophe en saluant Renaudot et en acceptant la chaise d'examen qu'il lui désignait de la main.

–Elles le sont pour les pauvres. Aux riches, je demande de verser une somme à leur

19. *Flux d'entrailles : diarrhée.*

convenance, selon leur contentement. Je peux ainsi financer les médicaments que ne peuvent s'acheter les plus démunis.

« Voici un homme selon mon cœur », songea Descartes, tandis que Renaudot lui demandait quel mal, quel venin ou quelle fièvre l'amenait.

– Laissez-moi plutôt deviner, ajouta Renaudot. Vos oreilles sont violettes. Vous aurez pris froid, à vous promener sans chapeau. Je vais vous prescrire un mélange d'hysope[20], d'iris, de figues et de réglisse. Vous en serez content. Je vais aussi vous envoyer chez un excellent chapelier. Je viens d'en installer un dans ma cour. Ses prix sont imbattables.

Descartes, à qui rien n'échappait, nota que Renaudot faisait également un excellent commerçant. Il se racla la gorge, dont il nota avec inquiétude qu'elle était irritée, puis entreprit

 20. Hysope : plante médicinale.

d'expliquer la raison de sa visite. Il savait tout, raconta-t-il. Les animaux doués de raison, même s'il lui coûtait de l'admettre, le trafic de bidons de monnaie, les soupçons qui se resserraient autour de Chandoux et enfin sa découverte d'un atelier de fausse monnaie.

–Entre savants, je puis vous le dire, conclut-il. Chandoux n'a pas découvert le secret de changer le plomb, ni même le cuivre, en or. Il utilise un vieux truc. Il frappe de fausses pièces en cuivre puis les plonge dans un bain de mercure chargé de zinc, imitant parfaitement la couleur de l'or. Mais pour finir, allons à l'essentiel. Il y a pire. Les chats, j'en ai vu la preuve formelle, le moulage pour ainsi dire, les chats ont été capturés par Chandoux.

Renaudot faisait les cent pas dans son petit cabinet autant que ses longues jambes le lui permettaient.

– Voilà qui est fâcheux. Mon pauvre Gazette !

– Mais il y a de l'espoir. J'attends d'une minute à l'autre la visite du faucon. Il va bien finir par trouver l'entrée. Quant au requin, je n'ose imaginer qu'il s'aventure jusqu'ici.

Renaudot mesura la pièce du regard.

– Il est probable qu'il y serait à l'étroit, remarqua-t-il au moment où Gladstone, en boitillant, pénétra dans le cabinet par la porte, comme tout le monde, trop fatigué pour continuer à voler.

Lin Dao entra avec lui, mais elle s'égosilla sans résultat, hormis celui de faire fuir toutes les souris de la rue. Gladstone tenta en vain de rallumer une étincelle d'intelligence dans son œil. Descartes et Renaudot regardaient sans rien y comprendre un faucon piailler, et ne remarquaient même pas qu'une puce essayait elle aussi de se faire entendre.

–Ventre-saint-gris, comment allons-nous faire pour nous entendre sans Gazette, s'épouvanta Renaudot. Il est le seul animal capable de composer des textes sur ma presse à imprimer.

Chapitre 6

Chez l'écorcheur de chats

Avant même d'ouvrir les yeux, Gazette tâta la bosse qui avait poussé sur son crâne.

– Nous avons exactement la même, mon vieux, dit une voix à côté de lui.

C'était Fellimare, déjà revenu à lui, qui frisait sa moustache en regardant Mimi Piaillon remettre de l'ordre dans ses mèches angoras.

– Que s'est-il passé ? demanda Gazette en ajoutant mentalement une bonne migraine à la liste de ses symptômes.

– La dernière chose dont je me souviens, c'est d'un sapajou surgi de nulle part, dit Fellimare.

– Et moi, j'ai aperçu un homme. Chandoux,

chans doute. Sans doute, se corrigea Mimi Piaillon. Puis, nous avons reçu un grand coup sur la tête.

–Et nous nous réveillons prisonniers, continua Fellimare.

–Reste à savoir où, termina Mimi Piaillon en parcourant du regard le réduit obscur, malodorant et sans issue où ils avaient été jetés.

Fellimare retourna du bout des griffes un tas de chiffons sales, renifla un amoncellement de vieux souliers crevés et retira prudemment sa patte d'un amas de verres cassés.

–Je connais ce genre d'endroit. J'ai failli y laisser ma peau, une fois. Nous sommes chez un chiffonnier.

–Un chiffonnier? Quelle drôle d'idée…, dit Mimi Piaillon avec une grimace de dégoût.

–Pas si drôle que ça. Les chiffonniers fournissent illégalement des fourrures de chiens et de chats pour les doublures des manteaux.

Gazette redressa la tête.

–De sorte que, quand vous dites que vous avez failli y laisser votre peau…

–Il faut le prendre au pied de la lettre, oui.

–Charmant, dit Mimi Piaillon. Et comment l'avez vous sauvée, votre peau, ce jour-là ?

–J'ai fait la connaissance de Mortimer. Il venait d'arriver à Paris. Il voulait goûter du Parisien. Il a attaqué la barque qui me transportait. Il a recraché le chiffonnier, son premier Parisien. Pas de chance. Il avait un goût affreux, paraît-il. Mortimer m'a sauvé la vie.

Gazette reprit la parole.

–J'ai une idée. Fu Chi saura bien se faufiler dehors. Envoyons-la prévenir Mortimer.

–Et comment Mortimer pourrait-il nous aider, si loin de la Seine ? répondit Mimi Piaillon en secouant tristement la tête. De toute façon, Fu Chi n'est pas ici. Elle ne nous a pas suivis.

La porte s'ouvrit à ce moment-là. Bébert fut propulsé dans le réduit d'un bon coup de savate dans l'arrière-train. Il se ratatina sur le sol en terre battue, entre les trois chats. La porte se referma avec fracas.

–Ouille, ouille, ouille ! pleurnicha-t-il.

–Pouah ! Bébert ! Vous empestez encore le tabac, s'indigna Mimi Piaillon.

–On est loin de la confiture de pétales de rose, c'est sûr, dit Fellimare en attrapant l'épagneul par le cou. Dis donc, Bébert, qu'est-ce que tu fais ici ?

–Bouhouhou, ce maudit chiffonnier ! geignit Bébert. J'ai voulu vérifier qu'il allait bien vous écorcher. Les sapajous étaient trop contents de me raconter qu'ils vous avaient déposés tout ligotés devant cette boutique. Mais ce vaurien m'a vu. Bouhouhou. Et maintenant je vais finir en garniture de selle, peut-être même en gants ! Bouhouhou...

Fellimare s'assombrit. Il avait deviné juste. Et en dépit des espoirs de Gazette, il ne pouvait pas compter sur Mortimer pour venir à leur secours sur la terre ferme. Il laissa retomber Bébert, qui trottina dans un coin, plongea la patte dans l'une de ses longues oreilles et en sortit sa petite pipe en terre.

– Ah, non ! Bébert ! Vous n'allez pas vous mettre à fumer, s'emporta Mimi Piaillon. L'odeur est déjà assez insupportable !

Fellimare posa une patte sur son épaule.

– Montrons-nous généreux, Mimi, laissons Bébert fumer sa dernière pipe avant l'écorchage.

En entendant ces mots, l'épagneul fut secoué par un frisson d'horreur. Profitant de la permission de Fellimare, il avait allumé sa pipe et aspirait de toutes ses forces sur le tuyau, si bien que le tabac se mit à grésiller. Mimi Piaillon ne savait que répondre. Elle avait bien envie de rétorquer à Fellimare que décidément, il ne perdrait jamais ses manières de chat de gouttière. Mais elle était troublée qu'il l'eût appelée Mimi et en perdait un peu de son arrogance.

– Dis-moi, Bébert, continua Fellimare, elle est très chaude, ta pipe ?

Bébert hocha la tête, content de rencontrer un peu de compassion.

– De sorte, dit Fellimare en joignant le geste à la parole, que si je te la prends et la jette sur ce tas de chiffons…

– Tu es fou ! Il s'enflamme ! hurla Gazette en sautant sur ses pattes.

– J'y comptais bien, répondit paisiblement l'époustouflant chat de gouttière. Rassemblons-nous à courte distance de la porte. Bien sûr, il y a un risque que le chiffonnier soit parti et que nous finissions enfumés au lieu d'être écorchés. C'est un risque à courir. Je pense plutôt que la fumée va alerter le chiffonnier et la porte…

… S'ouvrit à toute volée, d'un bon coup de pied. Le chiffonnier poussa un juron en découvrant l'origine du nuage de fumée qui se répandait dans son entrepôt. Les trois chats lui sautèrent au visage. Bébert préféra filer entre ses jambes. Le chiffonnier, déséquilibré, s'affala sur le dos, dégageant l'espace de la porte par lequel les animaux s'enfuirent.

–Incroyable, dit Fellimare en courant de toute la vitesse de ses quatre pattes.

–Comment ça, « incroyable » ? demanda Mimi Piaillon en débouchant avec lui dans la rue. Ce n'est pas ce que vous aviez prévu ?

–Je ne parle pas de notre évasion, mais du chiffonnier. C'est le même que la première fois.

Gazette galopait à leurs côtés.

–Je me disais aussi. Cette énorme cicatrice de morsure en travers du visage, ça ne pouvait pas être de naissance, haleta-t-il. C'est un souvenir de Mortimer.

–Il pourra y ajouter quelques griffures.

Les trois chats reprirent haleine en arrivant place de Grève. Ils s'aperçurent alors que Bébert avait pris la fuite de son côté.

–C'est ennuyeux, dit Fellimare. Il va sans doute prévenir les sapajous de notre évasion.

Filons à l'enseigne du Grand-Coq. Peut-être Gladstone est-il de retour.

Les chats furent accueillis en héros par Renaudot, Descartes et leurs amis. Gazette fut aussitôt mis à contribution.

– Vite ! À la presse à imprimerie ! s'écria Théophraste Renaudot.

– Attendez ! J'ai plus rapide, intervint Descartes en toussant.

Et il sortit de sa besace les petits tampons à imprimer. Gazette s'installa et se mit à manipuler les tampons avec une dextérité croissante, suspendant parfois une griffe en l'air pour prêter l'oreille au récit de Gladstone, ou, les yeux au ciel, chercher le mot juste.

– Plus vite, Gazette, le pressait Mimi Piaillon.

– C'est important, le mot juste, se défendait Gazette.

–Drôlement ingénieux, ce système, s'émerveillait Renaudot.

–Je suis un peu inventeur à mes heures, concédait modestement Descartes.

–Et voilà le travail ! souffla le chat de bonne presse.

Renaudot s'empara de la feuille. Les deux hommes la parcoururent rapidement. Tout y était, jusqu'à la localisation précise du repaire des faux-monnayeurs, le moulin du Val-de-Galie. Il ne restait plus qu'à informer Richelieu et Louis XIII.

–Je vais rester ici et dormir un peu, les amis, murmura Gladstone. Finalement, ce voyage était assez fatigant.

–Dites, Renaudot, et pour ce chapeau ? intervint Descartes en s'emmitouflant, tout frissonnant, dans son manteau.

Théophraste Renaudot tira machinalement sur la paupière droite du philosophe et examina son fond d'œil.

– Mon voisin en vend des dizaines. Allons-y et passons d'abord chez l'apothicaire. Je vous prescris aussi une potion de chardon béni, de reine-des-prés[21] et de corne de cerf. Avec une pincée d'ivoire, je réponds de votre rhume.

Renaudot enroula une longue écharpe autour de son cou et jeta au passage un œil professionnel sur Gladstone endormi.

– Et je lui dirai de faire boire une liqueur de zédoaire et d'ambre, additionnée de verveine, à ce pauvre oiseau. Il a l'air fatigué.

21. *Chardon béni, reine-des-prés, zédoaire, verveine : plantes médicinales.*

Épilogue

Le moulin du Val-de-Galie s'élevait sur une modeste butte, entourée de marais et de bosquets.

– Rien de mieux que des bosquets pour y cacher mes mousquetaires, décida Louis XIII. Ils y seront très bien installés.

À ses côtés, renfrogné, tassé sur son cheval, son frère, Gaston d'Orléans, grognait que cette basse opération de police aurait pu être menée par de simples gardes. Passe encore que Louis se donne le plaisir de la diriger lui-même, mais vraiment, il ne voyait pas pourquoi le roi avait tenu à l'y associer.

– Mais parce que ce moulin vous appartient, mon bon frère.

– Oui ? Tiens ? C'est vrai. Je n'y pensais plus.

Richelieu, qui était descendu de cheval et observait attentivement les lieux, ajouta d'un ton caressant :

– Et comme il ne fait aucun doute que Votre Altesse doit être excédée que des faux-monnayeurs en aient fait leur repaire secret à son insu, rien de plus naturel que vous vous rendiez justice à vous-même.

– Euh…, bredouilla Gaston, troublé. Oui. Rien de plus naturel, en effet. Eh bien, finissons-en, s'il vous plaît. Chargeons.

– Que non pas, conseilla fermement Richelieu. Nous ignorons combien de malfaiteurs se tiennent là. Attendons le rapport de mes espions.

Gaston grommela entre ses dents :

– Des espions… Toujours des espions. On ne peut plus faire ce qu'on veut. Je ne les ai même pas vus, moi, ces espions…

– Et c'est à cela qu'on les reconnaît, ou plutôt qu'on ne les reconnaît pas, ironisa Richelieu. Ils passent inaperçus, mais ils savent tout.

– Euh… pas tout tout tout, j'espère, s'effraya Gaston.

Pendant que le roi et son ministre faisaient comprendre à Gaston qu'ils n'ignoraient rien de sa complicité dans le trafic de fausse monnaie, trois chats, que le frère du roi avait pris pour de simples chats, s'approchaient du moulin, se faufilant d'arbre en arbre.

– C'est bien ici que nous sommes venus avec Gladstone, souffla Lin Dao. Je reconnais la croix que j'ai tracée sur la troisième tuile à gauche en partant du bas.

Il fallait les yeux d'une puce pour apercevoir de si loin une croix tracée par une puce, et les chats la crurent sur parole.

– Il y a une lucarne ouverte dans le grenier. Nous allons rentrer par là, dit Fellimare.

– Et on y accède comment ? s'enquit Gazette, à la recherche d'une échelle abandonnée contre un arbre.

– Sur les ailes du vent, répondit l'époustouflant chat de gouttière. Suivez-moi.

D'un bond, Fellimare s'accrocha à l'une des ailes du moulin, qui l'emporta dans les airs. À la hauteur de la lucarne, il n'eut plus qu'à sauter dans le grenier. Gazette le suivit. Puis ce fut au tour de Mimi Piaillon, ravie, qui se contenta d'adresser un grand sourire à Fellimare quand l'aile la fit passer devant la lucarne, puis redescendit tranquillement. Fellimare fronça un sourcil. Mimi Piaillon réapparut après un tour complet, toujours souriante, et cette fois s'élança dans le grenier.

– Je n'ai pas pu résister. C'est trop amusant !

– Oui. Bon. On va peut-être travailler, maintenant, suggéra Fellimare.

– Salut, les copains, dit la voix de Fu Chi.

– Fu Chi ! J'étais sûre de te retrouver ici, répondit Lin Dao en écho.

Les deux puces s'embrassèrent bruyamment sur les joues dans la fourrure de Mimi Piaillon.

– Je ne m'y ferai jamais, soupira celle-ci.

Fu Chi expliqua qu'elle s'était cachée sur le dos d'un sapajou, place Royale, lorsque les chats avaient été capturés.

– J'ai préféré le dos. On y est moins secoué que sur la queue. J'ai tout vu. Pendant qu'un groupe de sapajous se débarrassait de vous chez un chiffonnier, un autre déposait les bidons sur l'île aux Vaches. Puis toute la bande s'est repliée ici, par mesure de précaution. Ensuite, les bidons sont arrivés, apportés par l'habituel laitier. Et vous voilà.

– Et maintenant, où sont ces malfaiteurs ? demanda Fellimare.

– Dans la grande salle. Ils préparent de petits sacs de fausse monnaie qu'ils écouleront ensuite dans les provinces.

– Combien sont-ils ?

– Six sapajous et Chandoux.

La lumière baissa soudain dans le grenier. Quelque chose masquait la lucarne. Alarmés, les chats firent volte-face. Quelque nouveau danger ? Mais ce n'était que Descartes qui s'introduisait à grand-peine dans l'étroite ouverture, le corps en avant, les jambes gigotant dans le vide.

– Pas question que je manque la résolution de l'affaire, renifla-t-il. Même si j'ai déchiré mes chausses sur cette maudite aile de moulin. Il va falloir que je jette mon habit vert. Dites-moi tout. Nous progressons ?

Une fois rétabli sur ses pieds, le philosophe posa les tampons et du papier devant Gazette qui lui fit un compte rendu du rapport de Fu Chi. Sur une indication de Fellimare, Gazette ajouta que les mousquetaires ne feraient qu'une bouchée de la poignée de malfaiteurs. Il ne manquait plus au succès de l'opération que de prévenir Louis XIII pour qu'il donne l'ordre d'attaquer. Descartes opina.

– Je vais rester là, dit-il, pendant que vous communiquerez votre rapport à Richelieu. Je préfère redescendre par l'escalier quand tout sera fini.

Mimi Piaillon fut la première à emprunter l'aile du moulin. Elle en profita pour faire deux tours supplémentaires pendant que Gazette et Fellimare quittaient l'un après l'autre le grenier.

– Mimi, cette histoire n'est pas encore tout à fait terminée. Est-ce qu'on peut rester un peu sérieux ? s'irrita Fellimare.

« J'adore quand vous m'appelez Mimi » fut la seule réponse qu'il obtint.

Les trois chats dévalèrent la butte. Au moment où Gazette remettait discrètement à Richelieu le papier qu'il tenait dans sa bouche, un spectaculaire éternuement retentit dans le moulin. Les chats dressèrent la tête. Le rhume de Descartes n'était décidément pas en voie de guérison ! En tout cas, il alerta les faux-monnayeurs et précipita le déclenchement de l'opération.

Les sapajous étaient trop agiles pour se laisser prendre. Ils s'étaient fondus dans le paysage quand les mousquetaires enfoncèrent la porte du moulin. Le gros et gras Chandoux n'avait pas les mêmes facilités. Il fut l'unique prisonnier de la journée.

–C'est curieux, s'étonna Louis XIII en parcourant lentement tous les étages du moulin. Un seul homme pour manipuler tant de bidons de fausse monnaie…

–Un seul, mais costaud, précisa Richelieu, qui n'était pas mécontent que les sapajous se soient éclipsés.

Il préférait en effet que le rôle des animaux restât confidentiel.

–Et puis, reprit-il en coulant un regard insistant vers Gaston d'Orléans, peut-être n'est-il pas si seul…

Épilogue

En entendant ces mots, Gaston préféra tourner le dos en sifflotant pour se donner une contenance.

« Je vais attendre trois mois avant de comploter à nouveau, rumina ce dernier, apeuré. Quoique… Tant que Louis n'a pas d'enfant, je reste l'héritier du trône. Richelieu ne peut pas vraiment me punir. C'est vrai, ça. Deux mois suffiront. Encore que… Deux mois sans comploter, c'est long. Je vais m'ennuyer. Disons quinze jours et n'en parlons plus. »

– Mon frère, dit Louis XIII, votre Val-de-Galie me plaît beaucoup. Excellente situation, bon air, du gibier plein les forêts. À cinq heures du Louvre. Tout près de ce petit village charmant… comment l'appelez-vous, déjà, ce petit village ?

– Versailles, répondit Gaston à contrecœur.

–Versailles. J'y serai tranquille pour chasser et me délasser de la cour et des affaires du royaume. Je vous l'achète.

–Mais il n'est pas à vendre !

–Vraiment ? Vous me le refuseriez ? Aujourd'hui ? Le jour précisément où vous m'avez donné une occasion inattendue de le visiter ?

–Oui. Bon. Dit comme ça…, bredouilla Gaston. Je vous aime trop, mon frère, pour vous refuser un modeste moulin dont vous vous promettez un tel plaisir.

–Modeste, modeste, il ne le restera peut-être pas toujours…, rêva le roi. J'y ferai un pavillon de chasse, pour commencer.

Revenu au Petit-Luxembourg avec Mimi Piaillon et Fellimare, Richelieu constata qu'après avoir détruit entièrement son jardin, Barnabé avait dévasté son salon. Mais le cardinal était satisfait des services de ses chats, qui venaient de démanteler un réseau de faux-monnayeurs. Aussi accepta-t-il, sans regarder à la dépense, la requête que lui présenta Mimi Piaillon. Il s'engagea à payer le voyage de retour de Barnabé au Monomotapa.

– J'y mets toutefois deux conditions, précisa-t-il. La première est que Barnabé essaie de convaincre le roi des éléphants de se déclarer sujet du roi de France. Je suis sûr qu'il y a un roi des éléphants quelque part. Il ne faut rien négliger pour la grandeur de Sa Majesté Louis le Treizième.

Fellimare et Mimi Piaillon s'inclinèrent respectueusement.

– Et la seconde est que vous ne vous éloigniez pas trop. J'ai reçu des nouvelles d'Angleterre. Le duc de Buckingham prépare une attaque de nos côtes. Je vais avoir besoin de vous, mes maîtres espions.

Pendant ce temps, à l'enseigne du Grand-Coq, Descartes, en habit noir, remettait solennellement à Gazette le sac de tampons à imprimer en présence de Renaudot.

– Je vous l'offre, mon cher Gazette. Il sera entre de bonnes pattes. Quant à moi, toutes ces émotions, c'est bien beau, mais ça me distrait de mon travail. Je vais m'installer aux Pays-Bas et écrire un livre. Soyez tranquille. Je ne révélerai jamais la vraie vie des animaux. Bien au contraire. Je vais écrire que les animaux sont des machines. Votre secret n'en sera que mieux protégé !

Loin de ces diverses manifestations de reconnaissance, Mortimer faisait la planche sur la Seine. Fu Chi et Lin Dao pique-niquaient sur son ventre. Elles avaient un peu bu et chantaient à tue-tête. Gladstone, lui, avait retrouvé la forme. Il décrivait de grands cercles dans le ciel autour de Mortimer, s'éloignant progressivement, sûr de ne pas s'égarer. Le chant des puces lui indiquerait toujours la voie du retour.

À suivre…

Paris en 1627
1 À l'enseigne du Grand-Coq
2 Le palais du Louvre
3 Le Petit-Luxembourg
4 La place de Grève
5 L'auberge de la Pomme de Pin (pont Notre-Dame)
6 La place Royale
7 Le couvent des Minimes
8 Vers le Val-de-Galie
Porte S. Antoine
La place Royalle
Marets du Temple
P. de Greue

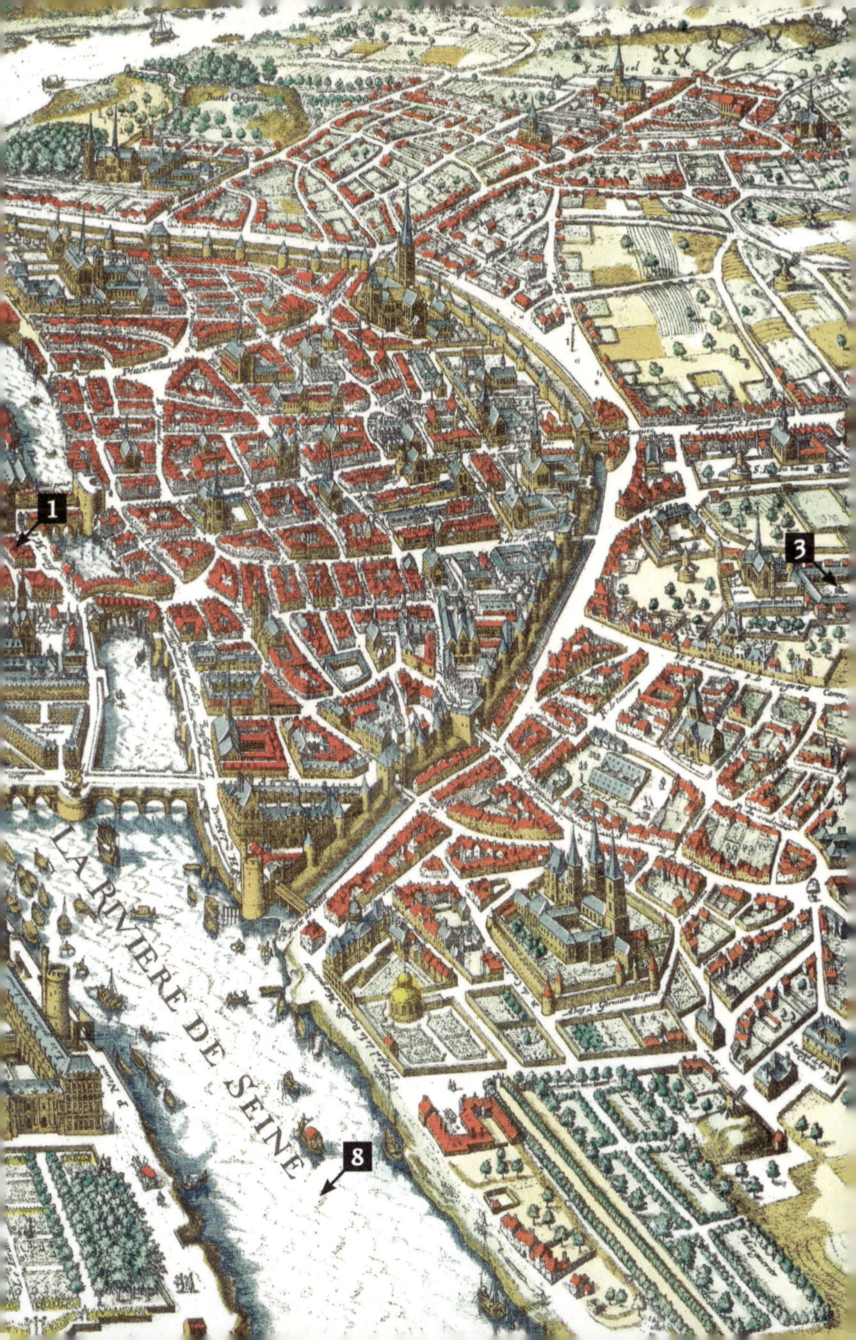
LA RIVIERE DE SEINE
1
3
8
Place Maubert

Un peu d'histoire

René Descartes

René Descartes (1596-1650) était un philosophe, écrivain, mathématicien et physicien français. Il est l'auteur du *Discours de la méthode* (1637), qu'il développe en s'inspirant de la logique des raisonnements mathématiques (« Je pense, donc je suis »). Descartes consacra sa vie à la recherche de la vérité ; pour lui, le doute était un moyen d'y parvenir. Il est considéré aujourd'hui comme le fondateur de la philosophie moderne.

René Descartes a également élaboré la thèse de l'« animal-machine » selon laquelle les animaux sont dénués de conscience, d'âme et de pensée.

Drôle d'idée… À moins que ce ne soit qu'une ruse pour tenir la promesse qu'il a faite à Gazette…

La monnaie de singe

L'expression « payer en monnaie de singe » remonte au XIIIe siècle, quand les forains faisaient faire un numéro à leurs singes pour payer le droit de passage du Petit-Pont, qui reliait l'île de la Cité à la rive gauche de Paris.

Depuis, la monnaie de singe désigne une fausse monnaie qui n'a aucune valeur.

Dans le prochain tome

Les soupçons du cardinal de Richelieu étaient fondés : au large de La Rochelle, les navires du duc de Buckingham encerclent déjà l'île de Ré. Le cardinal envoie ses félins espions à travers les lignes ennemies pour établir le contact avec ses soldats assiégés. Au cours de leur mission, Fellimare, Mimi Piaillon et Gazette interceptent un mystérieux message… Nos héros réussiront-ils à le décoder ? Parviendront-ils à faire échec à l'offensive de Buckingham ? Sauveront-ils l'île de Ré ?

Beaucoup d'aventure, pas de sapajous, mais quelques caïmans dans le tome 3 du *Chat du cardinal*, à paraître en février 2019.

ISBN : 978-2-8096-6206-1
Dépôt légal : juillet 2018

page 136-137, plan de Matthäus Merian - http://www.paris.org
page 139, Portrait de René Descartes (1596-1650) vers 1649, huile sur toile d'après Frans Hals (1582/83-1666) / Musée du Louvre, Paris, France / Bridgeman Images

Mise en page par Delphine Guéchot,
correction de Judith P. I. Nouvion,
IGS pour la photogravure.
Imprimé en France par Pollina en mai 2018 - 85633.

PEFC 10-31-2065 / Certifié PEFC / pefc-france.org

Pascal Prévot

Pascal Prévot est journaliste et écrivain. Il a suivi des études d'Histoire et continue à se passionner pour toutes les époques et les sociétés, en écrivant des documentaires et des romans. Enfant, il lisait beaucoup de romans de cape et d'épée et adorait *Les Trois Mousquetaires* d'Alexandre Dumas.

Il a reçu le prix Gulli en 2016 pour son roman *Théo, chasseur de baignoires en Laponie* (éditions du Rouergue).

Louis Thomas

Louis Thomas est illustrateur. Il dessine des films d'animation en Californie, réalise des illustrations pour la presse et l'édition entre l'Italie et Paris. Il peint et expose souvent ses œuvres.

Il a un chat prénommé Pipo.